KB141433

하늘 잔치를 벌여라

하늘 잔치를 벌여라

초판 1쇄 발행 2023년 7월 5일

지은이 | 박문순
만든이 | 이한나
펴낸이 | 이영규
펴낸곳 | 도서출판 그린아이

등록 연월일 | 2003. 12. 02.
등록 번호 | 제2-3893호
주소 | 서울특별시 은평구 녹번로 6-11, 201호
전화 | 02)355-3035
이메일 | gmh2269@hanmail.net

ISBN 979-11-91376-16-6

하늘 잔치를 벌여라

박문순 시집

그린아이

나의 신앙 고백

주님 내 안에 계시고 나 또한 주님 안에 붙잡혀 있으니 주님 것입니다.

이 땅에 살면서 때로는 험한 산과 눈물골짜기를 헤맬 때 그때도 주님께서 내 손 잡아 이끄시며 영원한 하늘나라의 복을 주셨습니다.

주님의 사랑에 매여 있을 때 행복하고 진정한 자유를 누릴 수 있었으며 주님 안에 갇혀 있을 때 나는 순결하고 존귀한 영혼이 될 것입니다.

나의 평안과 안식과 건강 오직 주님께 있사옵고 내 생의 기쁨도 주님을 영화롭게 하는 데에서만 찾아볼 수 있을 것입니다.

살아가면서 어떤 것에도 매이지 않고 모든 복과 행운을 위하여 유혹에 끌리지 않으며 넘어지지 않도록 주님께서 붙들어 주시고 안아 주옵소서.

그때 내 안에 참된 평화와 안식을 누리며 힘써 주님을 찬양하고 큰 영광 돌려드리는 하늘 잔치를 벌이면서 거룩하신 하나님께 감사 찬송 드립니다.

할렐루야, 아멘!

|제2부| 순례자

|제3부| 성 화

|제4부| 하나님나라

하나님 나를 빚으시고

예수를 십자가에 못박은
죄 용서받고
표현 못 할 사랑에 감격하여

주의 목전에 죄인이
신앙고백으로 나아가
주님 발아래 엎드려

주체할 수 없는
후회의 눈물로
회개하며 무릎 꿇는다

욕망대로 살아온 삶
십자가에 못 박을 때
토기장이이신 하나님
나를 빚으시어 온전케 하신다

다시 찾은 믿음

열방이 불타오르고
환란을 당해도
빼앗긴 영역 포기할 수 없어

소중하게 사용하던
질그릇 깨뜨려질 때
가슴 아파도 버려야 하는 것들

무너지는 심령
주체할 수 없어서
회개의 눈물로 마음 위로받고

거룩하게 다시 태어나
성전에 머무는 동안
잃었던 믿음 다시 찾으리라

매일 주와 함께

다시 세상에 성화하는 청지기
오늘 하루
온전히 예수 닮기를 원하며

새벽 등대지기 찬란한 빛
잔설에 내리는 단비로
생명의 말씀 앞에 서다

순교로 지켜온 이 땅
선조들 삶의 자리에서 빛날 때

암울했던 시간들 사역 위에
밑거름으로 나의 삶 드려
매일 주와 함께 비상하며

하나님의 능력 십자가 위에
신앙고백이 회복되고
그러기에 이제 내가 사노라

말씀으로 새롭게 되어

조각가이신 하나님께서 빚으시고
상처 난 곳 싸매어 주시며
독수리 날개쳐 올라가듯이

하나님 계획 속에 감추어진 보석같이
심령 깊은 곳에 성령께서
따뜻한 사람으로 변화시켰네

십자가 앞에 더욱 새롭게 되어
파도타기하듯 환란 통과하며
능력으로 넉넉히 이기게 하셨네

허락하신 약속 믿음으로
나로 바다 위를 걷게 하실지라도
예배자의 모습으로 나아가리라

또 다른 만남

갈보리 십자가 앞에
무릎 꿇고
회개하며 주를 뵈니

그 사랑 내 안에 강같이 흘러
넘치는 감사로
화목제 드리네

날마다 살아가는 길목에서
나를 만나주시고
갈증에 시달리는 영혼

생수로 채우시는 하나님
뜨거운 가슴으로
사랑의 음성 듣는다

이스라엘의 하나님

주와 함께 못 박히고
아직 남아 있는
내 몫의 고난에 참여하여

변화된 옛사람
십자가 위에서 증인되어
모든 것 생각나게 하네

영생의 역사를 이어갈 수 있는
미래에 나타날
그날을 기대하며

새로운 생명으로 부활하신
능력 힘입어
영광스러운 삶을 살게 한다

하늘 잔치를 벌여라

보좌 위에 앉으신 왕 중의 왕
하늘 잔치 열었다
삭개오는
믿음으로 잔치에 참여하고

주님 마음으로 하는
중보기도에
십자가 위에서 살리신
귀한 영혼

관객 박수에 귀기울여
신랑 기다리는 신부처럼
참사랑에 느끼는 환희

내 모습에 가려서
보이지 않던 주님
밝은 날 오실 때
하늘 잔치를 벌여라

요나의 기도

흘리신 보혈로 정결케 되기를 원하며
곤경에 처한 자 건지시는 주님

회개하고 돌아와 간절히 섬기며
회복한 베드로처럼

언어와 생각을 동원하여
물고기 배 속에서 다시 태어나

인생에서 가장 행복했던
순종과 삶의 흔적들 떠올리며

낚아 올린 시어로
하나님께 감사하며 기도드린다

말구유와 예수

교만을 치유하기 위해 낮아짐으로
말구유에 오신 예수

하나님 말씀 마음에 새겨 섬기신
인간에 대한 조건 없는 사랑

죽음을 통하여
죽음의 세력 이기신 절대 순종의 아들

인간의 가장 아름다운 모습으로
참 인간이 되었다

아버지의 약속 따라 철저하게
희생의 제물 되셨고

오로지 맑고 곧은 이념의 푯대 끝에
예수 백로처럼 날개를 펴다

주의 영이 머무는 곳

가시떨기나무에
빛이 사라져 어두움에 머무니
흑암의 무리들 준동하고
헌신의 약속 위에 울부짖는다

죄에 대하여 둔감한
구석 부분까지 꿰뚫어 보시며
온전히 빛 가운데 인도하사
십자가 앞에 세워주셨다

그리스도의 제자 됨에
감사함으로 찬송하며
그 문에 들어가서
나실인의 믿음으로 나를 드릴 때

주께서 우리의 손이 닿을 수 없는
은밀한 곳까지
비춰주시며 붙드시고
썩은 가지 같은 나를 일꾼 삼으셨다

아낌없이 내어주심

지나간 시간들의 거짓 맹세
제단 숯불로 태우시면
심장에 뜨거운 보혈 흐르고

주의 영이 나를 붙드시어
새록새록 떠오르는 생각을
변화시켜주셨네

아낌없이 내어주신 사랑 깨달아
하나님과 하나 되는
마음의 둥지를 아우르며

값비싼 향유가 주의 발에 부어질 때
나의 고백 속에
하루가 살아 있기 바라네

간절한 고백

바디메오의 부르짖음에
귀로만 듣던 하나님나라
눈으로 보게 하시네

네가 나를 사랑하느냐
주께서 물으실 때
주저함 없이 그분 따르네

그리스도의 사랑으로
열매 맺어 주님 닮아가는 삶
성령의 능력으로 채워주시네

가슴 아프게 했던 순간들
천국 임하기를 갈망하며
신앙고백으로 삶을 주께 드리네

주님 안에 머물다

구원받은 백성들
한 떼 두 떼 세 떼
끝까지 지켜야 할 감람산 기적

아파하는 이들의
진정한 이웃이 된
살아계신 대속자 예수

고난의 때에
주께서 행하신 구원의 기쁨
나실인의 심정으로 고백하며

하루를 시작하고
꿈속에서라도
주님 닮은 삶 살고 싶다

거룩한 만남

기적의 체험도
만나의 축복도
돌판에 새겨진
십계명에 억눌려

사명감도 책임 의식도
상실한 믿음으로
우상에 가려진 무지한 백성

땀과 눈물 닦아줄
손수건처럼
아름답고 거룩한 만남으로

주께서 흘린 보혈이
내 안에 양약이 되어
감사함으로 십자가 붙드네

땅에서 천국을 보며

예수 안에서 행하신 하나님의 사랑
구원의 가락지로 영혼 살리고
유월절 믿음의 회복으로
의롭게 되었다

언약의 갱신이 무색해질 때
의의 옷을 찢으며 회개하고
성전이 땅과 함께 살아갈 때
주의 은총이 강같이 흐른다

쏟아내지 못한 시금석 같은 시어
돌덩이처럼 박혀 있는
마음 어두운 곳에
하나님 말씀으로 새롭게 되어

감춰진 보배 발견한 순간
갈등에 싸인 땅에서 천국 보며
홀로 있는 시간에
기도하는 마음으로 시 짓는다

하나님을 향한 나의 노래

에돌듯 달빛에 걸린
춤사위 놀음도
주사랑 때문에 울고 웃고

글썽거리는 눈으로 바라보는
먼 산골짜기 아지랑이
뽀얀 꽃으로 피어납니다

끊을 수 없는 사랑으로
복음의 열매 맺기 위해

내게 찾아온 두려움도
예수님과 눈 마주치는 순간

쓴소리해주는 친구처럼
생각하고 감사하렵니다

다시 복음으로

연약한 가운데서 부르짖는
몸부림
병든 마음 찢어놓고

내 안에 성령의 열매가
주렁주렁 열려
거룩한 환상을 보며

순종과 정결과 겸손으로
은혜의 말씀이 나를 깨워
예수님 안에서 안식을 누리네

내 영혼이 젖뗀 아이와 같이
정직한 입술과
밝은 눈으로 천국을 보네

이제는 주를 위해

주 안에 머물게 하시고
주께서 주신 달란트를 세어가며

말로 다할 수 없는 은혜롭고
거룩한 사명 깨달아

어두운 상처 딛고 주님 일꾼으로
치열하게 높은 산 오르며

짧은 인생 불같이 태우고
후회 없이 복종하리라

넘어져도 겁낼 것 없다

처참하게 무너진 믿음으로
힘들어할 때
고단한 삶 견디고 일어서라

말씀하시며
날마다 새롭게 밝은 빛으로
인도하시는 하나님

십자가 사랑으로
돌아오기를 기다리는
하나님 마음 알아가며

넌출문 활짝 열어놓고
모든 시선 집중하여
푸른 초장 너머 계신 주님 본다

비전 움켜쥐고 가리라

꿈틀거리는 환희 열광하듯
가슴 깊이 뿌리내려
한 알의 씨앗 되고

당신이 품은 사랑 때문에
불어오는 돌풍의 시간도
비전의 열쇠 되었다

사랑하는 아내와
행복을 즐기며 가족 아우르는
따뜻한 가슴 있어

비전 끝까지 붙들고
반드시 움켜쥐어야 할
단 한 가지 믿음이어라

진정한 고백으로

멸망을 불러오는 죄가
뿌리째 뽑혀도
높이 세운 바벨탑
만가지 죄악으로 떠올라

회개하고 돌이켜
진정한 고백으로
여호와를 바라보며

고난의 터널을 지나
벅찬 감동으로 순종하며
사랑의 열매 맺어

선물로 받은 믿음
심령에 가득 채우면
입술의 찬송이 끊이지 않아

거듭나다

율법으로 묶인 마음
사바나에 부는 바람 따라
헛발질만 하는데

생명의 샘으로 이끄시며
소금으로 살라 하시네

겸손으로 보여주신 생애
십자가 사랑으로 살리신
값비싼 은혜 입고서

사망의 터널 빠져나와
죄의 날개 접고
그리스도의 마음으로 심었네

제2부

순례자

천국 열차를 타고

기쁨으로 주님을 만나
은혜를 덧입고
큰 소리로 찬양하면
영혼은 파도를 친다

내 영혼 그분을 향하여
환호하고 경배하며
높고 깊고 넓고 크신
왕이신 하나님께 감사드린다

사마리아 여인처럼
부활의 주님을 만나
예배자의 모습으로
하나님과 동행하며

소망의 끈을 잡고
위엄하신 이름 높여 드리며
달려가는
천국행 열차에 편승해 간다

시인의 고백

푸르름 가득한
오월 하늘
뭉게구름 길동무해주고
시원한 바람 불어오면

줄줄이 이어놓은
산기슭에
오글오글한 이야기보따리
풀어놓아

초원에 피어나는 꽃구름
짙푸른 잎새 위에
잠시 날개 접고
연둣빛 자작곡 연주할 때

깃털 같은 은혜로 잔잔히
주의 말씀 읊조리며
기도하는 마음으로
시를 짓는다

한 톨의 씨앗

떨기나무의 가시가
몸에 박혀도 잃어버리지 않는
겸손이 증인 되어
내면의 장벽 허물고
편견을 깨뜨린 부활의 믿음

아버지 권한에 세우신
하나님나라
땅끝까지 전파되어
바다에 던져도 주저함 없이
성령의 능력 힘입는다

한 톨의 씨앗 흙속에
썩어져 싹틔우고
꽃을 피워내면
시원하게 뚫린 꽃길에
몰려든 행렬 장관을 이룬다

아브라함의 고백

모리아산에서
화목제를 드리며
하나님께 나를 맡기고
은혜의 자리로 나아간다

찢겨진 빵에
부어지는 포도주 헛되지 않게
유혹의 손길 물리치고

말할 수 없는 탄식으로
만나주시는 주님 앞에
용맹스러운 기개와
여호와의 이름으로 우뚝 섰다

구도자의 길

오병이어 기적 앞에 눈멀어
기도와 행함의 갈림길에서
무너진 구도자의 삶

달란트 무게로 엮어져
거침없이 나아가
사랑의 열매를 맺는다

환경이 바뀔 때마다
의로 새옷 입고
잃어버린 양 찾아 나설 때

빈 그릇 채우려다 실패하여
회개하고 찾아온 아버지 집
용서와 사랑이 가슴 뜨겁게 한다

닮고 싶은 마음

아브라함 중보기도 의지하여
엎드려 기도하며
주님 마음 닮고 싶어

거룩한 관계 속에
창조하신 뜻 따라 행하며
인자하신 주님께 초점 맞춘다

마음 무너질 때 보좌 앞에
조용히 눈감고 회개하며
함정에 빠지지 않도록

잘못된 자아 발견한 순간
고집 꺾어 아이와 같이
말씀 앞에 모두 맡긴다

믿음 회복될 때

절망 중에 기도의 문 열고
무서운 찔림과
부끄러움에 몸서리칠 때

나에게서 교만 내려놓고
깊으신 은혜와 빛 가운데
하나님 마음 알아가며

진리의 세계로 가는 거기서
구원의 기쁨이 회복되어
주의 음성 듣는다

주의 성령 내 안에 머물 때
나실인의 심령으로
소망 가운데 산제사를 드린다

긍휼이 풍부하사

긍휼과 용서로
위로하시며 회복시키신
하나님 사랑
엉겅퀴 가시밭길 겁날 것 없네

우리는 배반하나
변함없는 사랑으로 붙들어주시며
햇살 따뜻한
생명의 빛 비춰주시네

십자가 보혈로 베풀어주신 은혜
구원을 이루시는
영원한 아가페 사랑

어서 돌아오라
하늘 문 열어놓고
애타게 기다리는 아버지 마음

천국으로 나아가는 길

죄사함받고 거듭난 영혼
감사함으로 나아가
믿음의 단을 쌓는다

위대한 사랑이 머문 곳에
거룩한 신앙의 고백으로
산제사 드리며

주님의 은혜를 덧입고
마음의 꽃밭 가꿔서
성령의 열매 맺어

구원의 열쇠 선물받고
주체할 수 없는 황송함에
눈물로 열린 천국 문 바라본다

사사들의 기도

말라붙은 옹달샘 가에
물이 터져 나오기를
기다리며 마음 졸일 때

맨손으로 사자의 입 찢어
그 몸에서 얻은 꿀송이에서
하나님 형상 보네

인생의 가장 높은 가치가
모습 그대로 드러나서
기도의 제목이 되고

성령의 도우심을 기다리며
시대를 역행하듯
우뚝 서 있는 사람의 아들

하나님 계획 아래

변화산 기도 곳간에
쌓아놓은 예물 구별하여
드리는 헌신

갈급한 영혼
빈곤의 자리에 내려놓고
기쁨으로 드리는 감사가

주의 말씀 가운데 뿌리내려
감격 넘치는 믿음으로
구하는 기도 들으시는 하나님

낙엽에 싸인 불씨처럼
가슴 뛰게 하는 뜨거운 사랑
하나님의 영광을 보네

감람산의 눈물

피할 수 없는 길목에서
이마 위에 땀방울
핏방울로 떨어지네

거부할 수 없는
아버지 뜻이라면
이 잔을 감당하게 하소서

몸부림치는 무릎에
피멍이 들도록
애타게 부르짖는 주여

모두 지쳐 잠든 이 밤
마지막 절규에
밤바람도 애곡하며
지축이 흔들리네

마지막 기도

나귀 등에 타고 오는 예수님
종려나무 꺾어 들고
호산나 부르며 마중 나간다

예루살렘 성전 바라보며
가슴 뜨거운 삼일의 약속에
무리들 조롱하였다

갈보리 십자가 지고 갈 때
채찍에 맞아 넘어지고 쓰러지며
감당 못 할 시련에 눈물 삼킨다

형틀에 매달려 마지막 하는 기도
엘리 엘리 라마 사박다니
잠시동안 쉬어가는 길고긴 하루

부활의 아침에

구속의 사역이 이뤄진 사순절
주님 향한 열정이
피 흘림의 파장을 타고
뜨겁게 흐른다

저주의 십자가 지고 가는
골고다 언덕
살을 찢는 아픔과 고통에
십자가 위에서 울부짖는다

안식의 시간 흐르고
마지막 새벽 무덤 문 열려
아버지께서
아들을 일으켜 살리셨다

어두움 물리치고
예수 다시 사셨다
부활의 기쁜 소식 퍼지고
승리의 깃발 휘날린다

예수 부활하셨네

왕이 오신다
어린 나귀 타고
호산나 우리의 어린양
거룩한 이름

하늘 땅 가득한
이 세상 죄인 위해
수치와 모욕 달게 받고
죽임당했네

슬픔의 밤 지나고
무덤 문 열려서
세상 이기신 예수
부활하셨네

인류의 기쁨 되신
영광의 주
생명의 불 밝히고
승리하셨네

오색 무지개 뜨던 날

무지개가 하늘 가르고
찬란하게 비춰주던 날
큰 용사 일으켜 힘 실어주었다

역경의 세월 견디고
힘겹게 지내온 민족 앞에
보여주신 하나님 마음

어둠의 세월 날려 보내고
축복의 약속으로 하늘에
오색 무지개 띄워주었다

하나님 계획 이뤄지던 날
이 땅에 웃음꽃 활짝 피고
동녘 하늘에 서광이 빛난다

믿음의 삶

말씀으로 거듭나서 순종하는 믿음
최고의 사랑으로
최선의 자리에 올려놓고

세상을 알아가며 변화된 인격
날마다 한 걸음씩
주님 향하여 나아간다

하나님과의 관계
지속적으로 연결하여
진정한 믿음으로 결단하고

경이롭고 높은 곳을
주와 함께
동행하며 참된 위로 받는다

인정 주머니

사랑 가득 가슴에 품고
가난한 심령 찾아 나선
이 땅의 나그네여라

가뭄에 풀뿌리 몸살 앓고
옹달샘 똑똑 떨어지는
물방울에 목매어

매미 소리 목청 높여
마른 감나무 잎사귀에
몸이 흔들리누나

맑은 하늘 눈물도 메말라
타는 가슴 저리고
숨이 찬데

세상에 내려준
인정 주머니 하나쯤
하늘에도 남겨놓았으면

영혼의 고백

갈릴리 호숫가에
찾아오신 예수님
나를 따르라
사랑의 음성 듣고 회개하여

새벽 종소리에
자아가 깨어지며
육신의 욕망 사라지고
주님 발아래 무릎 꿇는다

감람산 돌들도
밤이슬에 젖어들고
무언의 침묵 속에
회개의 눈물 두 뺨 적실 때

단비 내린 흙 속에
떨어진 씨앗 하나 영글어
아름답게 변화된 세상에
영혼의 자유 누린다

천국 열차 떠나기 전에

나의 삶 속에서 주님을 잃었고
시련과 아픔이 상처가 되어
영혼이 꿈을 잃어버렸네

어두운 골짜기 지나
생명의 빛 펼쳐진 곳으로
이끌고 가는 천국행 열차

쓰러지고 또 쓰러져도
주님 향한 열정에
멈출 수 없는 이 길

십자가의 능력으로 구원받아
삶의 가치가 바뀌어
소명 앞에 무릎 꿇었네

자작나무

끝없이 하늘로 치솟은
하얀 뼈들
높고 곧은 비밀의 끝

팬데믹 쓰나미로 밀려와
평화의 보금자리 휩쓸고

울지도 웃지도 못할
시추에이션이
괴로운 행성처럼 떠돌 때

별빛 사라진 하늘
팔랑이는 잎새 달빛에 흐르네

찬란한 새벽별 반짝이며
싸매주고
살려주는 고귀한 사랑

순례자

이글거리는 태양 아래
발바닥에
열기 달아오르고

끝이 보이지 않는 광야
멀고 먼 길
목이 타들어가도

가끔 만나게 될
오아시스를
꿈꾸며 걸어간다

흙모래 회오리쳐도
두 발에 힘
꽉 주고 가는 영성 길

한 걸음 한 걸음 모래 위에
끝없는
순례자 영혼의 길라잡이

제3부

성 화

주님 만나던 날

시온의 땅으로 돌아오라
승리의 깃발 높이 들고
죄인을 부르실 때

부끄러운 모습으로
어린양 이름 앞에
괴로운 심령 내려놓아

끊을 수 없는 인연
뜨거운 눈물 삼키며
무거운 멍에 메고 가네

고난의 시간 지날 때
주의 보혈로 용서받아
변화산 기적으로 내가 살았네

마음 닮아가며

진실을 담아 경배하며
위기 상황 속에서
자아를 내려놓고

비워낸 하얀 마음
함정에 빠지지 않도록
하나님 말씀으로 꽉 채운다

불확실한 현실에서
거룩한 마음 닮고 싶어
욕심 비워내고 다가가

이기적 성향에 논쟁하다가
주께서 어떻게 하실는지
기대하며 그 나라를 향해 간다

기도가 나를 바꾸고

멈출 수 없는 인생의 긴 터널을
잠시 머물러 쉬어갈 때
그분께서 내 심령을 두들겨주네

눈물 없는 회개의 헛꽃 피어
열매 맺지 못한 나무가
죄에서 돌아설 때 욕망이 사라지고

우리 입에서 생수가 솟아나
징검다리 사이사이를 흘려보내고
내 몸 빵처럼 찢겨져서
포도주 속에 뭉개져 갈 때

선한 권능에 싸여 쓰임 받는
양립할 수 없는 믿음의 증거로
거침없이 고난의 길을 가라 하네

타는 불꽃으로

열매 맺지 못한 가지에
믿음의 터 닦고
꽉 채워놓은 기도 곳간에
말씀의 씨앗 묻어놓아

상한 심령으로 빛을 잃은
깊은 웅덩이
권능의 손길에 산이 흔들리고
땅이 갈라지며

타는 불꽃 위에
지체할 수 없는 목마름으로
쏘아 올린 화살
번쩍이며 빛을 쪼개어

달리는 말발굽 소리
강물이 요동치고
사슴의 발이 높은 곳을
뛰어넘는다

성화

내 안에 멈추지 않는
의심의 질문이
끊임없이 나를 괴롭게 하여

광대 같은 세상에서
멋진 인생 되기 위해
마음속 거룩함 담아가며

하나님 자녀로 살아갈 때
아주 작은 상처 넘어
축복의 산에 오르면

마음속 기쁨의 찬송이
나를 깨우고
새벽의 빛으로 인도한다

큰 용사 기드온

기드온의 얄팍한 믿음에
양털의 확실한 증거로
의심의 날개 떨쳐버린다

작은 자의 상식 내려놓고
주님께 나아가 큰 용사 되어
성령의 도우심 받아

삼백 용사의 기상이
하늘 아래 이름 떨치며
이스라엘 횃불로 우뚝 서다

옹이 박힌 나뭇가지

물구름 속 햇살 넘실거릴 때
두 갈래 마음 주춤거리다
옹이 박힌 가지들 쳐낸다

말씀 위에 뿌리내려
마음 깊은 곳에 싹틔워서
세상 밖에 내놓으면

하늘 아버지 내 마음 알아
걸음걸음 사랑의 꽃 피워
천국 길 열어놓는다

무지개 꿈 매달고

간교한 마음으로
주님을 저울질하면서
베풀어주실 은혜를 구했네

넘치는 주님 사랑 앞에
에돌듯 초라한 무덤이
나의 마음인 것을

내 안에 알싸하게
디오라마와 같이 닥쳐와
성령의 음성을 들려주네

사바나 부는 바람에
무지개 꿈 매달고
은혜를 구하며 달려가네

섬김의 본을 받아

죽기까지 사랑하신 그 사랑이
세상으로 나아가
섬기는 자로 우뚝 서 있네

내 안에 겸손한 마음을 심어
주께서 어떻게 섬겼는지
깨달아 결단할 때
신발 터리개가 되어서

제자의 발 씻기신 주님 본받아
허리 굽혀 섬기며
하나님 사랑으로
십자가 앞에 무릎 꿇게 하사

때로는 깊은 웅덩이가 있어
나를 괴롭힐 때
성령께서
죄악의 뿌리까지 태워주시네

하나님의 거룩하심

바스락 바스락
하얗게 타들어가는 영혼
주님께 온전히 드리며

성령의 약속 굳게 믿고
숨가쁘게 달려온
자신을 돌아보아

성화를 이루시는 주님께
순종하며
희망의 큰 발자국 남기고

샘솟듯 하는 영적 의무로
살아가는 최고의 선물
믿음의 날개 꺾이지 않는다

청라언덕의 추억

선교의 구십 계단에
구원받은 영혼들
줄을 지어 올라오는데

휘날리는 태극기에
민족의 혼을 담아
만세 소리 지축 흔들린다

백 년 역사 위에 애국심
가슴 뜨거운 저녁노을
팔공산 자락 붉게 물들면

동무 생각 간절하여
청라언덕에 올라서서
추억의 노래 불러본다

(2022년 11월 4일
대구 근대로의 3·1만세 운동길에서)

내가 살아야 할 이유

가시밭길 동행하시며
나를 생명의 길로 이끄시는
참 좋으신 하나님 아버지

거친 풍랑에서 건지시고
삶의 자유를 누리게 하시며
바람막이가 되어주신 주님

인생에서 어려운 일 당할 때
평안의 안식처로 인도하시오니
나의 영혼 위로받습니다

오늘도 믿음의 여정을 함께하시는
주님 손에 이끌리어
주저함 없이 이 길 갑니다

주의 선하심을

목말랐던 사슴처럼
골짜기 헤매다가
잘못 이끌려가는 나를 발견한 순간

그리스도의 사랑에 사로잡혀
말씀 깨닫고
증인의 삶으로 변화되었네

하늘보다 높으신 주의 사랑
내 영혼 모든 소원
만족케 하시며

참되고 올바른 거룩함이
나를 깨워서
생명의 길로 인도하시네

주님 만난 그때

긴장감 넘치는 순간들
구원받은 것 외에
세상의 자랑거리 무엇인가

뛰어난 재능도
역사 앞에 큰 별이 되는 것도
값없이 주시는 능력 힘입어

끊임없이 타오르는 열정으로
내 안에 계신
하나님 형상 닮아가며

강권하시는 부르심에
얼굴에 깊이 파인 주름만큼
삶이 부끄러움 없기를

주님 말씀하소서

박하사탕
입속에 녹아내리듯
뜨겁던 사랑도 식어지고

말씀 듣고도
분별하지 못하여
오해하기 쉬운 순간마다

하나님 앞에서
결단해야 할 문제들
상처와 갈등 유발하고

핑계할 수 없는
순종의 순간들 깨어난 심령으로
주님의 음성 듣습니다

주님의 이름으로

이 땅에 펼치신
구원 사역을 위해
제물로
바쳐진 십자가의 기적

하나님의 약속대로
속죄의 은총 베푸시니
구원도
거룩해지는 것도 알게 하셨네

완전한 사랑 찾아온 기회에
초점을 맞춰서
내 심령에
그분 이름 깊이 새겨 넣고

비천과 풍부에 처할 줄 아는
지혜의 참뜻 깨달아
온전히
주님의 도구로 쓰임 받기 원하네

회개 늦출 수 없어

조급하고 괴로운 심정으로
은혜의 강 건너
고난의 시간 날려 보내며

한시도 주님 떠날 수 없어
죄의 자리에서 일어나
구름 속에서 하늘을 본다

오실 주님 맞을 준비에
한 걸음 한 걸음 나아가
믿음으로 살려고 애쓰며

회개의 눈물 쏟아내어
거짓과 오만 뿌리째 뽑아
마음 비워놓고

애끓는 심령 진심을 담아
복된 삶을 살게 하시는
십자가 앞에 나를 내려놓는다

순종의 제사

종의 모습으로
이 땅에 오셔서
걸림돌 위에 눈길 고정하신

주님 앞에 모두 내려놓고서야
마음속에 선한 것
하나도 없음을 알게 되었네

믿음의 씨앗 떨어져
은혜의 숲
이룰 수 있도록 참아내며

시금석처럼 스스로를 채찍질하며
기도의 시간
가지는 것도 이제야 알았네

나의 하나님

힘겨워 주저앉아 있을 때
생명의 줄로 이끄시는
강한 능력의 손길

마음의 성벽 허물어
깊이 파인 상처 보듬는
꺾이지 않는 믿음의 소망으로

끊임없이 타오르는 열정
또 다른 걸림돌이 기다려도
두려워 말라 위로하시며

어려울 때 만나주시고
연약한 어깨에 손 얹어
여기까지 인도하신 좋으신 하나님

나의 살아갈 길

인생의 모든 소중한 것
십자가 앞에 내려놓는 순간
작은 선행 보증이 되어

하나님 계획 아래
품고 살아야 할 다른 공간
주께서 나의 관점을 보신다

변함없는 믿음의 관계 속에
온전히 빛 가운데 이끌리어
산제사 드리며

교만한 맘 내려놓고
흉악한 죄 회개하고 거듭나서
예수를 위해 살고 싶다

생명의 양식으로

사랑의 심장 속에
메시지 가득 채워
예수님 닮은 삶 살아가는

하늘 양식
복음의 씨앗 되어
마음속 열매로 주님을 보네

생명의 말씀
역사하는 그리스도의 능력이
진정한 삶 되도록

왕이신 하나님
사랑의 줄에 이끌려
약속의 땅 향하여 나아가네

주님밖에 없네

발등상 빛 되신 주께서
손잡아 주시는
능력 힘입어

달리는 열차 레일처럼
불붙듯 타오르는 욕망
성령 앞에 무릎 꿇었네

가슴에 꿈을 담고
땀방울 핏방울 되도록
온밤 지새우며

십자가 사랑 눈물샘 터져
생명의 말씀 가득 채워
내 안에 믿음의 뿌리내리네

제4부

하나님나라

우리 함께 모여

하늘에 구름 사라지고
바닷물 말라 없어져도
믿음으로 지켜온 하나님나라

피난처 되신 주님 앞에
꿇어 엎드려 경배하며
한마음으로 주 찬양하리

주의 성령 내게 임하여
거룩하신 이름
영원히 높이 들릴 산성이시라

이 땅에 의를 펼치시고
이름 석 자 생명록에 새겨 넣어
천국 백성 삼으셨네

감사의 성공자

나의 의지가 되신 여호와
그 사랑 안에서
시작하는 마음
이상의 삶 그려보네

축복과 축복 사이에
감사로 다리를 놓아가며
선물로 얻은 천국 열쇠
영광의 나라에 들어가려네

다윗의 감사로
하루를 시작하며
바울의 감사로
야훼의 가슴을 뜨겁게 하고

하나님께 나아가는 법을 배워
빛 가운데로 더 가까이
축복의 다리를 건너가려네

나를 내려놓아

폭포수처럼 쏟아지는
지혜의 말씀이
교훈이 되어

감추어진 진리 앞에
일치된 관심과 애착으로
짓밟혀도 실망하지 않는 믿음

세상과 멀어져
한자리에 머물지 않고 헌신하며
땅 위에 누리는 영광이

부르심에 합당한 삶으로
말씀에 사로잡혀
그리스도에게서 끊어지지 않으리라

보혈의 은총으로

주의 성령 임하여
구원의 기쁨 회복되고
거룩한 영광 뵈니

아름답게 꾸며놓은 그 나라
마음속 간직한 소망으로
바라보는 천국

나사로의 믿음과
포기하지 않는 선행으로
높은 산 거친 들 헤쳐가며

변화된 심령으로
가장 중요했던 피 흘림의
은총을 덧입고 나아가네

가야 할 좁은 길

하나님과 깊은 관계 속에
복음을 위하여
이 땅의 모든 계획 내려놓아

주님과 인격적 관계로 명분 쌓아
변화된 성품으로
포기하지 않는 구원의 성취

크신 계획 보이지 않아도
부르심에 힘입어서
비전을 위해 묵상하며

예수님 뜨거운 사랑에
믿음으로 순종하며
구원의 약속을 위해 일어서리라

낮은 곳으로 이끄시며

나의 삶 나의 고백이
주님을 향할 때
낮은 곳으로 함께하자
말씀하시네

오늘도 손잡아 이끄시며
일어나서
선하고 궂은일 감당하며
섬기라 하시네

주께서 나에게 정하신
겸손과 순종으로
내게 있는
모든 것 다 내려놓아

낮은 자의 모습으로
주님 앞에 설 수 있는
믿음의 사람 되기를 원하네

빛 가운데 새롭게

거룩한 하나님 말씀
심령 깊은 곳에 담아놓고
그의 음성 들으며

막혔던 기도의 문 열어
스스로를 살펴가며
사랑의 열매 맺는다

구별된 영혼이
참된 진리 안에서
쓰임 받는 자유 누리며

마음이 기갈될 때
모든 것 인내하며
거리낌없이 주께 나아가리라

돌풍 지나간 자리

보도블록 틈새 비집고 나오는
민들레 싹
늘어선 사람들 발길에 밟힌다

돌풍이 지나간 자리
땅은 목말라 숨이 찬데

구름에 하늘이 덮였나
뿌옇게 산을 가리었다

메마른 인심에 찢겨진 종이
삭막한 바람 시선을 가리우고

울퉁불퉁 파인 땅 밟으며
서투른 걸음 안식처를 찾는다

거듭난 영혼

사랑하는 사이에서
홀로 고독한 생각을
그림자처럼 채워놓고

내 속에 거하는 죄가
만병의 뿌리가 되어서
나를 괴롭히니

내 안에 두 개의 내가 있어
원치 않는 길로 끌고 갈 때
내게서 영성이 깨어져서

생명의 샘이 흐르고
삶의 풍요가 넘치는 곳에
내 영혼 소생을 얻는다

화해의 목적

심판의 매 들기 전에
회개하고 용서받아
화해와 감사의 마음 키워서

죄의 욕망 깨뜨리고
선한 마음밭 가꿔서
믿음의 씨앗 심어라

아파하는 이들의 허리에
겸손의 띠 띠고
진정한 이웃 되어서

어둠의 혹한 난국에서 견뎌내는
지혜로운 펭귄의 무리처럼
누군가의 버팀목이 되어보라

믿음의 오아시스

가슴 뛰게 하는 기쁜 소식
세상의 빛과 소금으로
주님처럼 살라 하시네

뛰어난 능력 없어도
목표를 향한 삶의 계획
순간마다 깨닫게 하시며

삶 속에 위기가 닥쳐올 때
교만한 맘 십자가 앞에 내려놓고
선한 한 줄기 빛 되길 바라시네

변화산 기적 잘 모르지만
사막 한가운데에서 헤매일 때
살리시는 분은 오직 그리스도 예수시라

나봇의 포도밭

하나님의 자녀가
축복의 상급으로 받은 선물
거기서 열리는 아름다운 결실로
하나님나라 세워간다

아버지의 깊으신 뜻 따라
크신 언약 지켜가며
죽음도 두렵지 않아
목숨까지 내어놓고

순종으로 쌓아 올린 상아탑
사랑의 결실이 비정하게
어둠의 세력에 짓밟혀

돌멩이에 희생되었어도
그 어떤 것 하나까지도
빼앗길 수 없는 계획된 주권
핏값으로 찾으리라

네 손을 내밀라

어려운 일 당할 때
위로와 평안으로
기쁨의 열매 맺으며

홍수 속에 물이 차올라
빠져 죽게 되어도
꿈과 소망 잃지 말자

회복이 필요한 나에게
능력 베푸시는
주님 손에 이끌려

날마다 주님을 경험하며
희망의 불빛 되어
영원한 안식 얻으리

환상의 골짜기

꿈을 잃은 궁전에
마른 뼈 가득 채우고

열 개의 쇳덩어리에 돋아난 뿔
뜨인 돌에 맞아
산산조각이 난 꿈의 골짜기

독수리 깃털로 사자 수염 치고
돌아가는 길목마다
샘솟듯 넘쳐나는 영혼의 갈증

안개 걷힌 날들
온 땅 가득 채워지기를 원하며
부활의 묵시로 보내는
마지막 이야기

주님과 동행하는 삶

내 안에 자아가 살아서
기도할 수 없고
피곤하여 지쳐 있을 때

나와 동행하시며
손잡아 주시는 주님을
바라보는 심령의 눈이
날마다 새롭게 하소서

거짓된 양심 뿌리째 뽑아내어
기억도 없게 하시고
금보다 귀한 보배로운 입술로
주님을 증거하게 하소서

독생자까지 보내주신
주님의 크신 은혜
낙심 중에 보여주신 천국을
지금 내가 보옵니다

부르심의 경이로움

거부할 수 없는
크신 사랑에 이끌려
하나님 은혜로 소생함을 얻고

부르시는 음성 앞에 흔들리는 믿음
으깨지고 깨뜨려질 때
면죄부를 위해 주님께 나아가

뼛속 깊이 스며드는
예수의 흔적 살펴가며
가파른 계단 오르고 또 오른다

값으로 환산할 수 없는
천국의 자유 찬송과 고백으로
소통의 길 열어간다

베드로의 눈물

네가 나를 사랑하느냐
나를 바라보시며
예수께서 말씀하실 때

회개의 눈물로 변화되어
그 나라 내 안에 채우고
믿음의 뿌리 내린다

양어깨 가득한 짐 내려놓고
빈손 들고 주께 나아가
겸손과 순종으로 섬기며

털어버릴 수 없는 순간마다
신실하신 그분 약속 바라며
사유의 그물 하늘 향해 펼친다

그리스도의 사랑

한라산 등반만큼이나 힘들게
아파트 계단 오르며
아픈 무릎 쓰다듬는다

옛 생활 따르던
삶 단절하고
그리스도의 열정적 신앙 닮아

죽음을 앞에 두고
상한 영혼 걱정하는 모습들
뼛속 깊이 스며드는 사랑이

진실하고 거룩함에 이끌려
고난의 멍에 메고
화려한 주의 흔적 몸에 새긴다

서로 함께 닮아가며

민어주고 알아가며
인정받는 삶
전심을 다해 살아갈 때

얽히고설킨 관계 속에
받은 몸값으로
끌고 당기면서
사랑의 열매 맺어간다

아스팔트 위 열기 속에
숨이 턱턱 막혀도
주님께서 약속하신
가나안땅 바라보며

성실함으로 평화를 이루고
성전 문지기로 변화되어
영혼 구원의 길을 함께 간다

세월

캄캄한 가운데서
믿음의 눈으로 바라보는
하나님 시곗바늘

세월과 시간들이
쌍벽을 이루고
백발이 나를 끌고 간다

한 번 가면 못 오는 젊음을
되돌릴 수 없듯이
속아 사는 게 인생이라

떠밀려가는 세월 앞에
비껴갈 장사 없고
주름 잡힌 얼굴만 붙들고 간다

주께 가오니

날마다 새롭게 하시고
성령의 빛 가운데로 이끄시어
초원에 피어나는 향기로
늘 생각나는 사람 되게 하소서

심지에 불붙이는 순간
빛이 나듯이
거듭난 순간부터 새로움으로
삶의 생기를 얻게 하소서

주님과 함께 여행 떠나며
차표를 구입할 때처럼
항상 첫 마음으로
빛 가운데 머물게 하소서

주님과 나 사이에
사랑과 정의와 평화로
하나님 영광만 이 땅에
영원히 빛나게 하소서

하나님나라

물구름 끝자락 저편
구원의 손길
하늘 저만치 주님 모습 보이네

하얀 꽃 이파리
가시에 찔려 흘린 눈물
십자가 사랑으로 닦아주네

그때 거기서
주님 얼굴 빛나고
사랑의 향기 가득 채워

천국 문 열어놓고 기다리면
나 들어가
영원히 거기서 살리라

맑은 영혼의 에메랄드 같은 시어詩語

최성옥 시인, 별빛문학 발행인

맑은 영혼의 에메랄드 같은 시어詩語

최성옥

시인, 별빛문학 발행인

　박문순 시인의 시詩를 보면 시의 언어言語에 있어서 사물의 실체를 바로 알고, 보고, 듣고, 말하고, 쓰는 정확한 눈이 열렸다고 할 수 있다. 화자의 시를 통하여 보여주는 시인의 생각과 감성과 언어는 맑은 영혼의 에메랄드 같은 시어詩語로 떠오르게 된다. 시인의 생활은 성경 통독과 기도로 습관화되어 있고, 성령의 인도하심에 따라 매일 심야기도와 새벽기도를 통하여 예수 그리스도를 만나고 신앙고백을 하며 성령님과 교통交通하고 있으며 성령충만한 삶을 살고 있다. 그러므로 성령의 인도하심으로 세상의 문화와 학문을 초월하여 성령의 세미한 메시지와 음성을 듣는 특별한 영성을 가진 시인이라고 말할 수 있다.

　박문순 시인은 오랜 세월 동안 연단하여 기도와 말씀으로 하나님의 음성을 듣고 말하며 영적인 성시聖詩를 쓸 수 있게 되었다. 즉 하나님의 말씀 속에 감추어진 진리를 영의 언어인 레마[1]로 받아 성시로 옮겨 적을 수 있는 것이다. 또한 신실한 목회자를 길러낸 어머니로서, 교회의 권사로서 신앙의 모범이 되며, 오늘날 인생고초人生苦楚에 시달려 힘들어하는 성도들에게 어떻게 세상을 이길 수 있는가를 시를 통하여 믿음의 본을 보여주고 있다. 아울러 자녀교육도 어떻게 하였는가를 신앙고백에서 그려내고 있다. 이러한 시인의 시는 메아리가 되어 독자의 마음에 심금을 울리는 한편, 그의 성시는 성화 단계를 이루어 가는 성인聖人의 모습을 연상케 한다.

1부에 실린 「말씀으로 새롭게 되어」를 감상해 보자.

말씀으로 새롭게 되어

조각가이신 하나님께서 빚으시고
상처 난 곳 싸매어 주시며
독수리 날개쳐 올라가듯이

하나님 계획 속에 감추어진 보석같이
심령 깊은 곳에 성령께서
따뜻한 사람으로 변화시켰네

---

1)레마(헬라어);하나님의 음성은 하나님께서 성령님을 통하여 우리 마음속에 특별히 말씀해 주시고 그 말씀은 믿음이 생길 때 들려온다. 이 믿음이 생기게 하는 말씀이 헬라어로 '레마'이다.

십자가 앞에 더욱 새롭게 되어
파도타기하듯 환란 통과하며
능력으로 넉넉히 이기게 하셨네

허락하신 약속 믿음으로
나로 바다 위를 걷게 하실지라도
예배자의 모습으로 나아가리라

　　　　　　　　－「말씀으로 새롭게 되어」 전문

　「말씀으로 새롭게 되어」라는 시는 하나님의 계획 속에 감추어진 보석같이 심령 깊은 곳에 성령께서 따뜻한 사람으로 변화시켰다는 내용을 담고 있다. "조각가이신 하나님께서 빚으시고/상처 난 곳 싸매어 주시며/독수리 날개쳐 올라가듯이"라는 구절에서는 하나님께서 우리를 지켜주시며 상처를 치유하시고 우리를 자유롭게 하신다는 의미를 담고 있다. "허락하신 약속 믿음으로/나로 바다 위를 걷게 하실지라도/예배자의 모습으로 나아가리라"라는 구절에서는 형이상화形而上化하여 은유적으로 표현하였으며, "조각가이신 하나님께서 빚으시고/상처 난 곳 싸매어 주시며/독수리 날개쳐 올라가듯이"라는 구절에서는 직접적인 표현으로 하나님의 사랑과 보호와 약속과 믿음을 나타내고 있다. 화자話者는 하나님의 약속을 믿음으로 인하여 어떠한 시련이 와도 예배자로서 살아가겠다는 의지를 담고 있다. "십자가 앞에 더욱 새롭게 되어"라는 구절은 "예수 그리스도 고난에 동참하여 새롭게 되었다"라는 의미로 수사학적修辭學的 기법을 활용하여 은혜로운 내용을 나타내었다.

1부의 「주의 영이 머무는 곳」을 살펴보자.

주의 영이 머무는 곳

가시떨기나무에
빛이 사라져 어두움에 머무니
흑암의 무리들 준동하고
헌신의 약속 위에 울부짖는다

죄에 대하여 둔감한
구석 부분까지 꿰뚫어 보시며
온전히 빛 가운데 인도하사
십자가 앞에 세워주셨다

그리스도의 제자 됨에
감사함으로 찬송하며
그 문에 들어가서
나실인의 믿음으로 나를 드릴 때

주께서 우리의 손이 닿을 수 없는

은밀한 곳까지

비춰주시며 붙드시고

썩은 가지 같은 나를 일꾼 삼으셨다

　　　　　　　　　　－「주의 영이 머무는 곳」 전문

　「주의 영이 머무는 곳」은 가시떨기나무에 빛이 사라져 어두움에 머무르는 흑암의 무리를 십자가 앞에 세워주시는 그리스도의 사랑과 은혜를 통해 인도하신다는 믿음을 표현하고자 했다. 인간이 죄와 어둠에 빠진 것을 인식하며, 그리스도께서는 우리를 온전히 빛 가운데 인도하시고, 우리의 손이 닿을 수 없는 은밀한 곳까지 비춰주시며, 썩은 가지 같은 우리를 일꾼 삼으셨다는 것을 강조한다.

　시인은 예수 그리스도의 제자로서 감사함으로 찬송하며, 그리스도의 사랑과 은혜에 대한 신념을 전달하면서도, 그 감정을 강하게 전달하여 독자들에게 감동을 주고 있다. 다음 구절에서 이와 같은 내용을 은유적으로 잘 표현하고 있다. "가시떨기나무에/빛이 사라져 어두움에 머무니/흑암의 무리들 준동하고/헌신의 약속 위에 울부짖는다"

　또한 이 시는 높은 예술성과 함께 점층법漸層法을 적절히 사용하였다. "죄에 대하여 둔감한/구석 부분까지 꿰뚫어 보시며/온전히 빛 가운데 인도하사/십자가 앞에 세워 주셨다 // 그리스도의 제자 됨에 / 감사함으로 찬송하며 / 그 문에 들어가서 / 나실인의 믿음으로 나를 드릴 때 // 주께서 우리의 손이 닿을 수 없는 / 은밀한 곳까지 / 비춰주시며 붙드시고 / 썩은 가지 같은 나를 일꾼 삼으셨다"

이로써 독자들에게 풍부한 감성을 전달하는 데 성공한 시詩라고 할 수 있다.

1부의 「땅에서 천국을 보며」를 살펴보자.

땅에서 천국을 보며

예수 안에서 행하신 하나님의 사랑
구원의 가락지로 영혼 살리고
유월절 믿음의 회복으로
의롭게 되었다

언약의 갱신이 무색해질 때
의의 옷을 찢으며 회개하고
성전이 땅과 함께 살아갈 때
주의 은총이 강같이 흐른다

쏟아내지 못한 시금석 같은 시어
돌덩이처럼 박혀 있는

마음 어두운 곳에
하나님 말씀으로 새롭게 되어

감춰진 보배 발견한 순간
갈등에 싸인 땅에서 천국 보며
홀로 있는 시간에
기도하는 마음으로 시 짓는다
-「땅에서 천국을 보며」 전문

이 시에서는 은유적 묘사가 여러 차례 사용되었다.
"땅에서 천국을 보며"는 실제로 땅에서 천국을 보는
것은 불가능하지만, 예수 안에서 하나님의 사랑과 구
원의 의미를 깨닫는 것을 땅에서 천국을 보는 것으로
비유하고 있다. 또한, "언약의 갱신이 무색해질 때／의
의 옷을 찢으며 회개하고／성전이 땅과 함께 살아갈
때／주의 은총이 강같이 흐른다"라는 구절에서는 직유
법이 사용되었다. 이 구절은 직접적으로 언약, 의복,
성전, 은총 등의 개념을 언급하고 있다. 그 외에도, "쏟
아내지 못한 시금석 같은 시어／돌덩이처럼 박혀 있
는／마음 어두운 곳에／하나님 말씀으로 새롭게 되어"
와 같이 비유법이 사용되었다.

이 시는 예수 안에서 행하신 하나님 사랑과 구원의
의미, 그리고 믿음의 회복과 의롭게 되는 그것에 관해
이야기하고 있다. 또한, 언약의 갱신이 무색해질 때 의

복을 찢고 회개하며, 심령이 성전이 된 성도가 이 땅에서 사랑을 가지고 이웃과 더불어 살아갈 때 주의 은총이 강하게 흐른다는 것을 강조하고 있다. 마지막으로, 감춰진 보배를 발견하며 갈등에 싸인 땅에서 천국을 보며 기도하는 마음으로 시를 짓는다는 메시지를 전하고 있다. 이는 예수님과 하나님의 사랑, 은혜, 그리고 삶을 인도하는 의미에 대해 깊은 감동을 주는 시이다. 또한, 어둠 속에서 빛을 찾아가며, 삶에서 발견한 소중한 것들에 대해 감사하는 일이야말로 축복받은 것이라는 생각이 시인의 믿음 고백인 동시에 인생의 소중함을 다시 한번 되새길 수 있게 한다.

　1부의 「다시 복음으로」를 감상하여 보자.

　다시 복음으로

　연약한 가운데서 부르짖는
　몸부림
　병든 마음 찢어놓고

　내 안에 성령의 열매가
　주렁주렁 열려
　거룩한 환상을 보며

순종과 정결과 겸손으로
은혜의 말씀이 나를 깨워
예수님 안에서 안식을 누리네

내 영혼 젖뗀 아이와 같이
정직한 입술과
밝은 눈으로 천국을 보네
　　　　　　－「다시 복음으로」 전문

　위의 시는 연약한 가운데서 하나님께 부르짖으며,
마음의 상처를 찢어놓고 의지하는 모습을 담고 있다.
또한, 성령의 열매가 열려 거룩한 환상을 보며, 순종과
정결과 겸손으로 은혜의 말씀을 받아 예수님 안에서
안식을 누리는 모습을 묘사하고 있다. 시인은 자신의
마음을 아이에 비유하여, 하나님과의 교감에서 생기는
순수함과, 천국을 보는 모습을 생생하게 나타내고 있
다. 또한, 정직한 입술과 밝은 눈으로 하나님의 말씀을
듣고, 예수님 안에서 평안과 안식을 찾는 그것이 얼마
나 소중한지를 강조하고 있다.
　이 시에서는 대부분 비유적인 표현인 '은유법'이 사
용되고 있다. 예를 들어, "연약한 가운데서 부르짖는/
몸부림"은 인간의 연약한 모습을 가지고 있으면서도,
하나님께 부르짖는 모습을 비유적으로 묘사한 것이다.
또한, 내 안에 성령의 열매가 '주렁주렁'이라는 단어를

사용하여 성령의 열매가 풍성하게 열리는 모습을 묘사하고 있다. "거룩한 환상을 보며"는 성령의 역할을 비유적으로 표현하고 있다. "정직한 입술과/밝은 눈으로 천국을 보네"라는 마지막 구절에서는 하나님의 말씀을 듣고, 예수님 안에서 순종하며, 성실하고 겸손한 삶을 사는 것이 얼마나 소중하며, 또한 그것이 우리를 천국으로 인도하는 길임을 나타내고 있다.

2부의 「천국으로 나아가는 길」을 감상하여 보자.

천국으로 나아가는 길

죄사함받고 거듭난 영혼
감사함으로 나아가
믿음의 단을 쌓는다

위대한 사랑이 머문 곳에
거룩한 신앙의 고백으로
산제사 드리며

주님의 은혜를 덧입고
마음의 꽃밭 가꿔서
성령의 열매 맺어

구원의 열쇠 선물받고
주체할 수 없는 황송함에
눈물로 열린 천국 문 바라본다
　　　　－「천국으로 나아가는 길」 전문

　위의 시에서는 죄사함을 받은 영혼이 믿음으로 나아
가는 모습을 그려내고 있다. 또한, 주님께 경배하며 감
사하고, 거룩한 신앙의 고백과 산제사를 드리며, 성령
의 열매를 맺도록 노력하고 있다. 마지막 구절에서는
구원받은 영혼이 천국 문을 열어보며 황송함을 느끼는
모습을 담아내고 있다. 죄를 용서받은 영혼의 감사함
과 믿음, 거룩한 신앙의 고백, 산제사, 성령의 열매, 구
원의 열쇠, 천국 문 등의 단어들을 사용하여 영적인 목
마름과 갈증을 해소하고 '천국 문'을 바라보는 은유적
인 표현으로 감동을 더하였다.

　이번에는 3부의 「성화」를 감상하여 보자.

　성화

　내 안에 멈추지 않는
　의심의 질문이
　끊임없이 나를 괴롭게 하여

광대 같은 세상에서
멋진 인생 되기 위해
마음속 거룩함 담아가며

하나님 자녀로 살아갈 때
아주 작은 상처 넘어
축복의 산에 오르면

마음속 기쁨의 찬송이
나를 깨우고
새벽의 빛으로 인도한다
 －「성화」 전문

　위 시는 내적 성찰과 신앙적인 내용으로 이루어졌다. 시인은 자신 안에 끊임없이 일어나는 의심과 고통으로 싸우면서도 하나님의 자녀가 되기 위해 노력하는 모습을 그려내고 있다.

　4부의 「하나님나라」를 감상하여 보자.

하나님나라

물구름 끝자락 저편
구원의 손길

하늘 저만치 주님 모습 보이네

하얀 꽃 이파리
가시에 찔려 흘린 눈물
십자가 사랑으로 닦아주네

그때 거기서
주님 얼굴 빛나고
사랑의 향기 가득 채워

천국 문 열어놓고 기다리면
나 들어가
영원히 거기서 살리라
　　　　　　　－「하나님나라」 전문

　위 시는 신앙적인 내용으로, 시인은 하늘에서 구원
의 손길을 기다리며, 이전에 겪었던 아픔과 상처의 눈
물을 십자가 사랑으로 닦아주시는 주님을 믿고 있다.
"천국 문"으로 들어가 "영원한 삶"을 살겠다는 성도의
고백인 동시에 시인의 간절한 믿음의 신앙고백이요 소
망이다. 시인은 가족과 사랑하는 이들을 만날 수 있는
하나님나라의 기쁨을 노래하고 있다.

　마지막으로 이번 시집의 제목인 「하늘 잔치를 벌여

라」를 감상하여 보자.

하늘 잔치를 벌여라

보좌 위에 앉으신 왕 중의 왕
하늘 잔치 열었다
삭개오는
믿음으로 잔치에 참여하고

주님 마음으로 하는
중보기도에
십자가 위에서 살리신
귀한 영혼

관객 박수에 귀기울여
신랑 기다리는 신부처럼
참사랑에 느끼는 환희

내 모습에 가려서
보이지 않던 주님
밝은 날 오실 때
하늘 잔치를 벌여라
－「하늘 잔치를 벌여라」 전문

이 시에서는 하늘에서 잔치를 벌이는 모습을 통해, 지상에서 우리가 느끼지 못하는 큰 축제와 기쁨이 벌어지고 있다는 것을 표현하고자 했다. 시인은 "보좌 위에 앉으신 왕 중의 왕"이라는 은유적 표현으로 그리스도의 위엄과 권능을 강조한다. "삭개오는/믿음으로 잔치에 참여하고"라는 구절에서도 은유적으로 믿음을 가진 성도가 하늘의 잔치에 참여할 수 있다는 것을 언급한다. 또한, "주님 마음으로 하는/중보기도에/십자가 위에서 살리신/귀한 영혼"이라는 구절에서는 성도가 주님의 사랑과 중보기도를 통해 구원받을 수 있다는 것을 강조하며, "내 모습에 가려서/보이지 않던 주님"이라는 구절에서는 인간의 죄로 가려져 그리스도를 볼 수 없다는 것을 나타낸다. 마지막 구절에서는 "밝은 날 오실 때/하늘 잔치를 벌여라"라는 말로 마무리가 된다. 이는 성도가 살아 있는 동안에도 그리스도의 왕국이 오기를 간절히 기다리며, 그 시점에는 모두가 하늘 잔치에 참여할 수 있다는 긍정적인 메시지를 담고 있다.

화자는 "신랑 기다리는 신부처럼" 소망과 꿈을 가지고 천국에서의 행복을 그리며 참사랑과 기쁨을 노래하는 모습을 형상화하고 있다. 이를 통하여 시인은 자신이 보지 못했던 주님의 모습을 상상하며, 밝은 날이 오면 하늘 잔치를 벌이기를 간절히 기도하면서 기다리고 있다.

박문순 시인의 성시는, 형태는 자유시로서 내용으로는 서사시에 해당하며, 산문이나 서정시, 극시에 비해 서정적이지 않고 극적이지 않다고 보는 견해가 많다. 그러나 필자는 그렇지 않다고 본다. 성시의 배경에는 로고스가 그려져 있으며 이것을 형이상화形而上化하여 한 편의 시로 승화시킨 작품이 성시이다. 성시를 쓰려면 성령 충만을 받아야만 한다. 그리하여야 영해靈解의 작품인 성시를 쓸 수가 있다.

　끝으로『하늘 잔치를 벌여라』라는 제목의 시집을 출간하는 박문순 시인에게 경의를 표하며, 앞으로도 더 많은 훌륭한 작품이 나오기를 바란다.